www.ingramcontent.com/pod-product-compliance
Lightning Source LLC
LaVergne TN
LVHW010423070526
838199LV00064B/5402
* 9 7 8 9 3 5 8 7 2 9 9 1 7 *

ایک مڑا ہوا ورق

(ناولٹ)

مصنفہ:

مونا سید

© Taemeer Publications LLC

Aik Muda hua Warq (Novelette)

by: Mona Syed

Edition: December '2023

Publisher :

Taemeer Publications LLC (Michigan, USA / Hyderabad, India)

ISBN 978-93-5872-991-7

9 789358 729917

مصنف یا ناشر کی پیشگی اجازت کے بغیر اس کتاب کا کوئی بھی حصہ کسی بھی شکل میں بشمول ویب سائٹ پر اَپ لوڈنگ کے لیے استعمال نہ کیا جائے۔ نیز اس کتاب پر کسی بھی قسم کے تنازع کو نمٹانے کا اختیار صرف حیدرآباد (تلنگانہ) کی عدلیہ کو ہو گا۔

© تعمیر پبلی کیشنز

کتاب	:	**ایک مڑا ہوا ورق** (ناولٹ)
مصنفہ	:	**مونا سید**
پروف ریڈنگ / تدوین	:	اعجاز عبید
صنف	:	فکشن
ناشر	:	تعمیر پبلی کیشنز (حیدرآباد، انڈیا)
سالِ اشاعت	:	۲۰۲۳ء
صفحات	:	۳۰
سرورق ڈیزائن	:	تعمیر ویب ڈیزائن

وہ گھر انتہائی بلندی پر تھا۔۔ جس کی سیڑھیاں ایک ڈھلوان کی صورت میں نیچے اترتی تھیں۔ اور اترتی کیا تھیں، گرتی تھیں اور سیدھی نہر کے کنارے تک چلی جاتی تھیں۔۔ دائیں جانب انتہائی سحر انگیز سبزہ زار بکھرا پڑا تھا۔۔۔ سبزہ میں گھلی ملی تازہ ہوا اپنے ساتھ جنگلی پھولوں کی مہک لاتی تھی۔۔ پرندوں کی چہچہاہٹ تنہائی میں گھُلی ملی جاتی تھی۔۔

اس نے سانس کھینچا، ایک پُر مشقت سانس جو کہ میدانی علاقے کا باسی ہونے کی بنا پر تھا۔ شفاف ہوا نے اس کے اندر تک اتر کر کہا:

"کیوں دور تھے اب تک۔۔۔ اتنا مشکل بھی نہیں مجھ تک آنا۔۔"

"وہ چونکا۔ آس پاس نظر دوڑائی۔۔ وہ چلتے چلتے ان سیڑھیوں تک آ پہنچا تھا جو اس کو اس کی منزل تک لے جاتی تھیں۔۔ سیڑھیاں پتھریلی تھیں اور ہر قدم کے نیچے درزوں میں ننّھے ننّھے خوش نما پھول اُگے ہوئے تھے۔۔ غیر ارادی طور پر وہ ہر قدم پر پھول چُنتا چلا گیا۔۔ زینہ اچانک ہی ختم ہوا تھا۔ اس کی نظر اپنے ہاتھ پہ پڑی پیلے، اودے، گلابی کئی ننّھے پھول مُسکرا رہے تھے۔ اس کے چہرے کو بے ساختہ ایک مسکراہٹ نے چھُوا۔ اس نے ڈور بیل پر ہاتھ رکھنا ہی چاہا کہ آس پاس پھیلی خوبصورتی نے اسے مبہوت کر دیا۔۔۔ ایک مکمّل منظر اس کے سامنے تھا۔ جہاں تک نظر گرتی تھی، سحر انگیز سبزہ سے مل کر

لوٹتی تھی۔ اور لوٹتی بھی کیا تھی ادھر ٹھہر ٹھہر جاتی تھی۔۔ جس بہتی نہر کو وہ ابھی نیچے چھوڑ آیا تھا وہ نیچے بنے کئی گھروں کی سیڑھیوں کا بوسہ لے کر آگے بڑھتی کہ وہ خوش نصیبی میں اس کا حصّہ ہیں۔

"ہاں یہاں رہنا خوش نصیبی ہی تو ہے۔" اس نے سوچا۔۔ "ہم میدانوں میں رہنے والے پہاڑوں کی عظمت جان بھی کس طرح سکتے ہیں۔۔ وہیں پیدا ہوتے ہیں اور چپ چاپ وہیں مر جاتے ہیں۔۔ یہ واقعی ہر ایک کے لیے نہیں ہوتے۔" اس نے سر جھٹکا۔

منظر مکمّل تھا۔ اور وہ اس پل اور اس لمحہ میں وہاں موجود تھا اور اپنا شمار ان خوش نصیبوں میں کر رہا تھا جن کو پہاڑوں کی قربت میسّر ہوتی ہے۔ پھر اس کو وہ مقصد یاد آیا جس کی وجہ سے اس نے یہ مشقت اٹھائی تھی۔۔ وہ پلٹا، اور ٹھٹک گیا۔ اس کی سوچ نے اڑان لی۔

"منظر پہلے مکمّل تھا، یا اب ہوا ہے۔۔۔۔۔۔۔ اس کے آنے سے۔۔۔" اس نے اس کو بھی اپنے سحر زدہ ذہن کی کارستانی جانا۔۔ ہولے سے اپنا ماتھا تھپکا جیسے کسی نادیدہ اثر سے باہر نکلنا چاہتا ہو۔ اس کے ہاتھ کے سارے پھول چھٹ کر نیچے گرے۔

وہ جو اتنی دیر سے چُپ تھی، جھجک کر دو قدم پیچھے ہوئی۔۔ اور اس کے یوں پیچھے ہونے پر اس نے جانا۔۔ ہوا نے کیوں کہا تھا۔۔

"اتنا مشکل بھی نہیں مجھ تک آنا۔۔۔" اس کو اچانک سے خنکی محسوس ہوئی۔

اس کے چہرے کے ناقابل فہم تاثرات دیکھ کر وہ جلدی سے بولی۔ "آپ اندر تشریف لے آیئے۔۔ وہ بہت دیر سے آپ کی راہ تک رہے ہیں۔۔"

"آج بھی ان آنکھوں کے اسرار اس کے لیے ان کہے ہیں۔ اس کو یقین تھا مصلحتوں کی دبیز تہ میں دبی اس کی روح کی پکار اس کی آنکھوں تک آتی ہے۔۔ شاید اس

لیے وہ نگاہ جھکا کر رکھتی ہے کہ کہیں آنکھوں سے نکل کر اس کی شخصیت تک محیط نہ ہو جائے۔۔"اس نے دبی سانس خارج کی۔

وہ اس کے یوں یک ٹک دیکھنے سے خفت سی محسوس کرنے لگی۔۔اس نے دل میں سوچا۔۔

"تم ہمیشہ دیر سے آتے ہو اور آکر مزے سے کہہ دیتے ہو، میں گیا وقت نہیں کہ آ نہ سکوں۔۔۔ مگر وقت تو گیا اور ساتھ سب کچھ سمیٹ لے گیا۔۔"

اور پھر نظر اٹھا کر اعتماد سے بولی۔"آیئے۔۔۔۔"اور اندر کی طرف مڑ گئی۔۔۔۔

وہ اس کے پیچھے چل دیا۔اور نگاہ اس کی دھیمے زرد رنگ کی ساڑی کے پلو میں اٹکی اور ساتھ ہی گزرے آٹھ سال لپیٹ کر آگے چل دی۔

" اس سے پہلی ملاقات کیسی تھی۔۔؟" یادوں کے پردے پر وہ شبیہہ آج بھی چسپاں تھی۔۔

***

جب سے سندھ اسمبلی میں یہ قرار داد منظور ہوئی تھی کہ مسلم اکثریتی صوبوں کو ملا کر ایک علیحدہ مسلم حکومت قائم کی جائے۔۔ لوگوں میں جوش و خروش یک دم بڑھ گیا تھا۔۔لوگ جوق در جوق مسلم لیگ کا حصّہ بن رہے تھے۔۔۔ خاص کر طلباء و طالبات نئے سرے سے منظّم ہو رہے تھے۔۔۔۔

" الّفیہ۔۔۔ ! الّفیہ جاہ۔ ! مکرم جاہ کی بیٹی۔۔۔" اس کی شستہ انگریزی پر اس نے چونک کر سر اٹھایا تھا۔۔ " ابا نے آپ سے ملنے کو کہا تھا۔۔ کیا ہم آپ کی کوئی مدد کر سکتے ہیں۔۔"

ان دنوں وہ مسلم لیگ کے اسٹوڈنٹ ونگ کو آرگنائز کر رہا تھا۔۔ پارٹ ٹائم میں ایک اخبار میں ایڈیٹوریل لکھا کرتا تھا۔ جس سے اس کے کالج کی فِیس نکلا کرتی تھی۔ آنے والی کی انگریزی نے اس کو چونکنے پر مجبور کر دیا۔۔ وہ گورنمنٹ کالج کا پڑھا ہوا تھا اور یہ احساسِ کمتری لاکھ دبانے پر بھی اُبھرتا تھا۔

"ہم بھی چاہتے ہیں کہ آزادی کی اس جدوجہد میں سب طلباء کے شانہ بشانہ ہوں۔۔ اسی سلسلے میں ابا نے آپ سے ملنے کو کہا۔۔ ہم سے جو بھی ہوا ضرور کریں گے۔۔ ایک آزاد مملکت۔۔۔۔۔۔"

وہ ایک تواتر سے بولے جا رہی تھی۔ وہ کیا کہہ رہی تھی، اس کی سماعت اس سے بے بہرہ تھی۔۔ اس کو لگا وہ سر سے پاؤں تک سنہری ہے۔۔۔ اس نے ہلکے زرد رنگ کی کاٹن کی ساڑی زیب تن کر رکھی تھی جس پر نرم کھادی کا بلاؤز تھا۔۔ سنہرے مگر خشک بال کمر سے ذرا اوپر گندھی ہوئی چوٹی کی شکل میں ختم ہو رہے تھے۔ اٹھی ہوئی ناک اور ہلکی

بھوری آنکھیں۔۔"کوئی اتنا سنہرا کیسے ہو سکتا ہے۔۔"
اس نے غلط سوچا تھا۔ سنہری وہ نہیں محبت تھی۔ جس نے اس کو سنہرا کر دیا تھا۔۔ سر تا پا سنہرا۔۔ اور ساری کی ساری سنہری ہو کر اس کی آنکھوں میں جذب ہو گئی تھی۔
مگر جب وہ بولا تو اس کا لہجہ خشک تھا۔۔
"حسن پُر تمکنت اور بے نیاز اچھا لگتا ہے، مگر آپ جلد باز لگ رہی ہیں۔۔۔"
اس کے لہجے پر الفیہ نے زبان دانتوں تلے دبائی۔۔ اس سے اس کے گال میں ایک گہرا گڑھا پڑا تھا۔۔
"افف۔۔۔!" اس نے ایک گہرا سانس اندر لیا۔۔"حسن کی ایک اور ادا۔۔۔۔
"بیٹھیے۔۔۔!"

✲ ✲ ✲

"تشریف رکھیے۔۔۔۔۔ علی جاہ!۔۔"

علی جاہ یا عالی جاہ۔۔؟" اس کی سوچ پھر لہرائی تھی۔

"تم تو مجھے عالی جاہ کہتی تھیں۔۔"

"ہاں کہتی تو تھی۔۔ مگر تھی۔۔۔ اب بیچ میں کئی پل ہیں جن کی گنتی مشکل ہے۔۔"

اس نے سوچا۔۔ "تم آج بھی اتنے ہی پر شکوہ ہو اور اتنے ہی بے نیاز بھی۔ ایک ابدیت لیے۔۔ جس کی گہرائی تک میں کبھی نہیں جا سکی۔۔۔"

مگر جب وہ بولی تو لہجے میں ایک ٹھنڈک سی تھی۔

"مسٹر جاہ! تشریف رکھیے پلیز۔۔ کرنل آتے ہی ہوں گے۔۔۔"

اس کی رواں اور شستہ انگریزی کے جواب میں آج وہ اسی مضبوط لہجے میں انگریزی بولا تھا۔۔ جس میں کہ کئی سال پیشتر نہیں بول پایا بس سنتا ہی رہ گیا تھا۔۔۔

"شاید میں بے وقت آگیا ہوں۔۔ مگر کام کچھ ایسا ضروری تھا کہ آنا پڑا۔ امید ہے کہ کرنل اس زحمت کو درگزر فرمائیں گے۔ الّفیہ۔۔"

"لیڈی الفت جہانگیر۔ مسٹر جاہ!" اس کے لہجے میں تنبیہ تھی۔

"لیڈی الفت جہانگیر۔۔! اوہ۔۔" اس کا لہجہ ناقابل فہم تھا۔۔" فوجی کلبوں اور میسوں میں جس لیڈی الفت جہانگیر کی دھوم تھی تو وہ یہ تھی میری الّفیہ۔۔؟۔۔۔۔ نہیں۔۔ مگر تم تو کبھی میری تھیں ہی نہیں۔۔"

"اوہ سوری مائی لیڈی۔۔" اب وہ ادب آداب سے بھی بخوبی واقف ہو گیا تھا۔

وہ نشست گاہ سامنے سے بیلوں سے ڈھکی ہوئی تھی۔ ہوا کی ذرا سی چھیڑ خانی سے

کِھلکھِلا کر رہ جاتی تھیں۔۔ ان پر ننھے ننھے سفید اور اودے پھول بہار دِکھلا رہے تھے۔ طاؤسی رنگ کا قالین جس کے کنارے گہرے سرخ اور سبز رنگ سے منڈھی مونڈھیاں رکھی تھیں۔۔ ایک کونے میں رکھی ہوئی الماری جس پر ڈھیروں کتابیں اور اس کے ساتھ ہی اپنی تنہائی پر اس کی مُسکراتی تصویر۔ وہ تنہائی جو اس کے اندر تھی۔۔ سدا سے، سمندر کی گہرائیوں جیسی تنہائی۔۔۔

وہ چپ کھڑا اس کو کھوجنے کی کوشش کر رہا تھا جس میں وہ ہمیشہ ناکام رہا تھا، اس کی بھید بھری آنکھیں کچھ خبر ہی نہیں دیتی تھیں۔ وہ اس کو بیٹھنے کا کہہ کر خود بیٹھ چکی تھی اور اپنی مونڈھی کے ساتھ رکھے ریشم کے دھاگوں میں اس کی انگلیاں اُلجھ رہی تھیں۔۔۔ اور اس کی نگاہیں اس کے سراپے میں۔

"تم آج بھی ایک سحر ہو، کبھی نہ ختم ہونے والا طلسم۔۔"

اور اسی وقت نشست گاہ میں داخل ہوتے کرنل جہانگیر ٹھٹکے تھے۔۔ اس کو مبہوت دیکھ کر وہ دھیرے سے کھنکارے۔ اور آگے بڑھ کر اپنا تعارف کروایا۔ وہ فوج کے ریٹائرڈ کرنل تھے جنگ ختم ہوئے ابھی زیادہ عرصہ نہیں ہوا تھا۔ مجموعی طور پر وہ ایک پُروقار شخصیت کے مالک تھے۔۔

وہ تھوڑا خفیف ہوا اس کو اتنا بھی بے پروا نہیں ہونا چاہیے تھا۔

"کوئی بات نہیں ینگ مین۔۔ ایسا ہوتا ہے ہم بھی آج تک ایسے ہو جاتے ہیں اس کو اثر پذیری کہتے ہیں آپ کا تو پھر بھی پہلا تجربہ ہے۔"

اس نے اثبات میں سر ہلایا۔ یہ راز کھولنے کی اس نے ضرورت محسوس نہیں کی، وہ اور الّفیہ دور کے رشتے دار ہیں جن میں رشتوں سے دوری کے علاوہ واضح طبقاتی فرق تھا۔

"الفت۔۔!" اس کے بیٹھتے ہی کرنل نے اس کو اشارہ کیا اور وہ سر ہلاتی اٹھ گئی۔

اس کے اٹھتے ہی کرنل جہانگیر نے کہا:

"اور کیا خبریں ہیں۔۔۔ سنا ہے کافی علاقوں میں فساد برپا ہوا ہے۔۔ آپ کی طرف کیا صورتحال ہے۔۔؟"

"شملے سے ایک ٹرین گورنمنٹ ملازموں کو لے کر گئی تھی۔ یہاں سے ہار پھول ڈال کر روانہ کیا گیا تھا مگر سنا ہے امرتسر پر حملہ ہوا اور ایک بھی نہیں بچا۔۔ سب شہید ہو گئے۔" اس کی آواز گلوگیر تھی۔

کرنل کے ہونٹ بے ساختہ سکڑ گئے انہوں نے بے ساختہ "اناللہ وانا الیہ راجعون" پڑھا تھا۔

"اب آپ کے کیا ارادے ہیں۔۔۔" اس نے خود پر قابو پا کر کرنل سے دریافت کیا۔ "کل ہی نیچے ہلکی سی کھٹ پھٹ ہوئی ہے۔۔۔ اور اب سب ہی چوکنّے ہیں یہاں بھی فساد ہوا چاہتا ہے۔"

"ارے نہیں میاں! بس کچھ لونڈوں کی چھیڑ چھاڑ ہو گی۔۔" کرنل نے سگار کا کش لے کر کہا۔۔ "یہ تو ہماری جائداد ہے۔۔ ہم نے کہاں چھوڑ کر جانا اس کو۔۔ بس اللہ نے کرم کر دیا پاکستان بن گیا ہے۔۔ بس تھوڑے دنوں میں سب سیٹ ہوا ہی چاہتا ہے۔۔ مگر ہوا کیا تھا۔؟" انہوں نے جھڑپ سے متعلق استفسار کیا۔

"نیچے جماعت ہو رہی تھی کہ ہندوؤں کا ایک ٹولہ سنکھ پھونکتا ہوا نکلا۔ پہلے تو مسجد کے احترام میں خاموشی سے گزر جایا کرتے تھے۔ مگر اب وہاں کھڑے ہو کر دیر تلک بجاتے رہے تو نمازی بھی مشتعل ہو گئے۔ کافی سر پھٹول ہوا ہے۔۔ اور پھر وہاں پاکستان کے حق میں اور خلاف بھی نعرہ بازی ہوئی ہے۔"

علی نے ایک سانس میں ساری معلومات کرنل جہانگیر کے گوش گزار کیں۔

"یہی عرضداشت لیے حاضر ہوا تھا کہ آپ سرکار سے بات کریں مسلمان محلّوں کی مناسب سیکورٹی کا بندوبست کیا جائے۔۔۔ آخر کو خطاب یافتہ ہیں۔۔" اس نے دل میں باقی بات پوری کی تھی۔

کرنل نے سر ہلایا تھا گفتگو کئی رخ لینے لگی پاکستان سے ہٹ کر جنگ اور پھر ادھر ادھر کی باتیں۔ وہ لوگ کھانے کا گونگ بجنے پر ہی چونکے تھے۔

" آیئے علی جاہ! آج ہمارے دسترخوان کو رونق بخشیے۔۔" کرنل نے مسکرا کر درخواست کی۔

وہ نہ چاہتے ہوئے بھی صرف اس کی وجہ سے ان کی درخواست رد نہ کر سکا۔۔

***

ڈائننگ ہال کے دبیز پردے چنٹوں کی شکل میں سمٹے ہوئے تھے۔ بس ایک سفید جالی کا پردہ ان کے اور کھڑکیوں کے درمیان حائل تھا۔ شاید اس طرف سے ان کا مکان نیچے تھا چٹانوں کے قدم اس ڈائننگ ہال کی کھڑکیوں تک آتے تھے۔ اور اپنے ساتھ خوش رنگ ٹیولپ بھی لاتے تھے جو بڑی حیرت اور دلچسپی سے لمبی میز پر بچھے بے داغ میز پوش، چمکتی ہوئی کٹلری اور پلیٹوں کے درمیان پھولوں سے بھرے گُلدانوں کو حیرت سے تکتے تھے۔

بے فکری، تحفظ، آزادی کیا نہیں تھا وہاں۔۔ اور وہ بھی اس ماحول کا حصّہ تھا۔ اس کو بے اختیار یاد آیا۔ ایسے ہی ایک دن جب مکرم جاہ نے جب تمام اسٹوڈنٹس کو اپنے گھر مدعو کیا تھا۔ یہ وہ اسٹوڈنٹس تھے جو مسلم لیگ کی کنوینسنگ کے لیے ملک کا قریہ قریہ گھوم رہے تھے۔ جوش سے بھرے ہوئے تمتماتے چہرے۔۔ آنکھوں میں بس ایک ہی طلب، آزاد ملک کا مطالبہ۔۔

"میاں! لاہور کا جلسہ کیسا رہا۔۔؟" مکرم جاہ کی آنکھوں میں شوق کا ایک جہاں آباد تھا۔۔

اسٹوڈنٹس کے فی الوقت لیڈر کے فرائض علی جاہ انجام دے رہا تھا۔ تو اس نے ہی ترجمانی کا بھی بیڑہ اٹھایا۔

"بڑے ابا! وہاں سب لیڈران کرام متفق ہو گئے ہیں کہ اب مطالبہ ایک علیحدہ آزاد مملکت ہو گی اور تو اور چوہدری رحمت علی نے نام تک تجویز کر دیا ہے۔۔"

مکرم جاہ وفور جذبات کی شدّت سے اٹھ کھڑے ہوئے۔ "کیا نام تجویز ہوا۔۔"

"پاکستان۔۔۔۔" علی جاہ کے ساتھ کم و بیش ایک ساتھ ساٹھ اسٹوڈینٹس نے یہ نعرہ لگایا۔۔

"زندہ باد۔۔۔" مکرم جاہ کی آواز لرز رہی تھی۔ اور ہونٹ مسلسل اللہ کا شکر بجالا رہے تھے۔

" اے اللہ! تیرا شکر ہے۔ تیرا شکر ہے۔ کہ مرنے سے پہلے یہ خوشخبری سن لی۔ اب ایک آزاد اسلامی مملکت ہمارے پڑوس میں ہو گی۔"

"تو کیا بڑے ابا۔۔۔۔ آپ لوگ پاکستان نہیں جائیں گے۔" علی حیران ہوا۔

" نہیں بیٹا جہاں بڑے بزرگ دفن ہوں، اس مٹی میں ان کو چھوڑ کر کیسے جائیں۔۔ بس اللہ کا یہ کرم کافی ہے کہ ایک آزاد اسلامی مملکت کے پڑوسی ہوں گے۔"

نذیر جو ان سب کو کھانے کا کہنے آیا تھا اور چپ چاپ کھڑا باتیں سن رہا تھا۔ ایک دم سے کہنے لگا۔ "اور نہیں تو میاں۔ بھلا اپنا دیس بھی کوئی چھوڑے ہے۔ بس اللہ کا سکر ہووے جند گی میں خبر سنا دی۔ میاں ہم تو کیا جہاں بھی ترکی، ایران یا عرب کا روپیہ بھی دیکھیں ہیں تو چوم لیتے ہیں۔ کاہے سے کہ اپنی اسلامی مملکت کا ہوے۔"

"نذیر میاں! بچوں کے کھانے کا کیا انتظام کیا؟" مکرم جاہ نے نذیر کو ٹوکا جس کی آواز میں خطابت آ چلی تھی۔

"مسٹر جاہ!" کرنل کی آواز پر وہ چونکا۔ یہ ماضی ہمارے ساتھ ہی رہتا ہے تو ماضی کیوں کہلاتا ہے۔ وہ سر جھٹک کر کھانے کی طرف متوجہ ہو گیا۔

اس نے بڑی نفاست سے نیپکن آگے سیٹ کیا پلیٹ سیدھی کی اور سلیقہ سے کھانا شروع کیا۔

اور وہ دن سوچا۔۔ جب الفیہ کی ماں نے اس کو ٹیبل مینرز نہ ہونے پر ٹوکا تھا۔۔

"نہ جانے کہاں سے آجاتے ہیں اُٹھ کر۔" ان کی طبع نازک پر اس کا ہاتھ سے کھانا ناگوار گزرا تھا۔ بس مکرم جاہ کے ٹیبل سے اٹھ جانے کا لحاظ کیا تھا۔ وہ ان کا دور کا رشتہ دار جو ہوا تھا۔۔ اور سسرال سے ان کی خدا واسطے کی لگتی تھی۔

وہ مسکرایا اور فرائی فش کا ایک ٹکڑا نفاست سے کانٹے سے اٹھا کر منہ میں ڈالا۔

الّفیہ اس کو دیکھ کر سوچ رہی تھی۔۔ "تم شاید اس دن کی بات نہیں بھولے۔۔ اماں نے تم کو ٹیبل مینرز کے نہ ہونے پر نہیں سنایا تھا تمہاری اور میری بڑھتی قربت کو ختم کرنے کے لیے پہلا قدم اٹھایا تھا۔۔"

"آپ کچھ اور کیوں نہیں لیتے مسٹر جاہ۔" الّفیہ نے مینرز نبھائے۔ اور اس کی سوچ مسکائی۔

"تم کو تو ثابت مسور اور خشکہ از حد پسند تھے۔"

"تھے پسند مگر اب میری پسند بدل چکی ہے۔۔ دیکھ لو تم بھی تو نہیں رہیں میری پسند۔۔"

وہاں چپ چاپ کھانا کھایا جا رہا تھا۔ مگر خاموشی بول رہی تھی۔

"کیا واقعی۔۔۔" اس نے اپنی نرم سی نگاہ اٹھا کر علی کو دیکھا۔

اور وہ اس نگاہ کی گرفت میں آگیا۔ اور ایسا ہی تو پہلی بار ہوا تھا وہ بے تحاشا بول رہی تھی مگر وہ سن نہیں رہا تھا بس اس کی نگاہ کی گرفت میں آیا ہوا تھا۔۔۔

تو اس لمحے بھی وہ اسی پل کی گرفت میں تھا۔

"تم جادوگرنی، مکار، حرافہ۔۔۔!" وہ اندر ہی اندر تلملایا۔

اور اس نے اسی نرمی سے اپنی آنکھیں جھکالیں۔۔ "اب بھی کہتے ہو۔ میں تمہاری پسند نہیں رہی۔۔ یہاں تو عشق کا پہلا لمحہ گزر رہا ہے۔۔۔"

"ہاں! اور میں بے بس ہوں۔۔ اگر تم اب بھی مجھے آزاد نہیں کر تیں تو میں یہیں اسی لمحے میں تحلیل ہو جاتا۔۔"

"مسٹر جاہ! کھیر لیجیے ناں۔۔" اس نے طلسم کو مکمّل طور پر ختم کیا تھا۔۔

❊ ❊ ❊

کھانے کے بعد وہ واپس اسی نشست گاہ میں آئے۔ بٹلر کافی کی نفیس پیالیاں رکھ کر جا چکا تھا اور کافی پاٹ نفیس ٹی کوزی سے ڈھکا ہوا تھا جو شاید الفیہ نے خود بنایا تھا۔۔

کافی ختم کیے جانے تک مکمل خاموشی رہی۔۔ اس کے بعد الّفیہ اچانک بولی۔

"جہانگیر اب آپ کی دوا کا ٹائم ہو رہا ہے۔۔۔ اور اس کے بعد آپ کی ایک میٹنگ بھی ہے سہہ پہر کو۔۔ تو تھوڑا آرام کر لیتے آپ۔۔"

وہ سمجھ گیا کہ اب اس کو جانے کے لیے کہا جا رہا ہے۔ اس نے اٹھ کر اجازت مانگی۔۔

"کرنل نے ہنس کر کہا ایک تو یہ خیال رکھنے والی بیویاں۔۔۔ امید ہے کہ آپ سمجھ رہے ہوں گے۔"

الّفیہ نے بڑے سکون سے نظر اٹھا کر دونوں کو دیکھا "شاید آپ لوگوں کا ابھی ایک اور تعارف باقی ہے۔ علی میرے ابا کے دور کے رشتے دار بھی ہوتے ہیں۔ یعنی ہم لوگ آپس میں کزنز ہیں۔۔"

"اوہ۔۔۔! پھر تو ایک بار دوبارہ سے معانقہ بنتا ہے۔۔" کرنل کی روایتی گرم جوشی ایک دم بڑھ گئی۔

"جہانگیر۔۔!" الفیہ نے تنبیہی لہجہ میں ایک بار پھر سے پکارا۔

"اچھا، اچھا۔۔! جاتا ہوں بابا۔ تم دونوں کزنز بیٹھ کر گزرے وقت کو یاد کرو۔"

وہ جو جانے کے لیے اٹھ کھڑا ہوا تھا پھر سے نشست سنبھال لی۔ الّفیہ کی ساری ناز و ادا کرنل کے جاتے ہی ختم ہو چکی تھی۔ وہ ایک دم پُر تشویش لہجے میں بولی۔

"گھر میں سب خیریت ہے نا۔۔ کہیں سے کوئی اطلاع نہیں مل رہی۔ نہ کوئی خط آ جا رہا ہے، جہانگیر نے بہت کوشش کی وائرلیس سے اطلاع کرا دیں مگر کوئی جواب نہیں۔" اس وقت وہ صرف اور صرف ایک بیٹی نظر آ رہی تھی۔

"وہ لوگ پاکستان جا چکے ہیں۔۔" علی نے سرد لہجے میں اطلاع دی۔

"تم نے اب تک ان کو معاف نہیں کیا۔" اس نے سوچا۔۔

" معاف تو میں خود کو نہیں کر سکا۔۔ آج تک۔۔۔" اس نے گویا اس کی سوچ پڑھ لی۔

"شادی کر لی۔۔" الفیہ گویا ہوئی۔

"ہمم۔۔۔!"

"بچے۔۔؟"

"دو ہیں۔۔"

"اور تمہارے؟" علی نے پوچھا۔

"ایک بیٹی۔۔۔"

"خوش ہو۔۔؟"

اس سوال پر اس نے تڑپ کر الفیہ کو دیکھا تھا۔ " جو تمہارا جواب ہے وہی میرا جواب ہے۔"

"پر تم تو لوٹے ہی نہیں تھے۔۔۔"

"کیسے لوٹتا۔۔ گنجائش ہی باقی نہیں رکھی گئی تھی۔

"مم۔۔ میں سمجھی شاید تم اس بات پر ناراض ہوئے تھے۔۔"

"نہیں۔۔۔! ناراض نہیں۔۔ حیران ہوا تھا اور پھر اچھا بھی لگا تھا۔۔ تم ہمیشہ سے ہی

عجیب سی لگی تھیں مجھے۔۔"
"کیسی۔۔۔؟" اس نے دھیمے سے استفسار کیا تھا۔
ہنوز ایک طویل خاموشی کی راہداری ان دونوں کے درمیان تھی۔ بس سوچ کا پل اس کو جوڑتا تھا۔ یہ سالوں کی جھجک تھی۔۔ مگر ایک عجیب سا رابطہ تھا، جانے وہ کیا تھا۔۔ وہ اس پل میں واپس لوٹ گئے۔

❋ ❋ ❋

حالات دن بہ دن بگڑے جا رہے تھے۔۔۔ جیسے جیسے برٹش راج کی سختیاں بڑھتی جا رہی تھیں۔۔ مسلمان اور منظّم ہو رہے تھے۔۔۔ سول نافرمانی کی تحریک شروع ہو چکی تھی۔۔ جس میں سب نے حکومت کا بائیکاٹ کیا تھا۔۔ صغریٰ فاطمہ پنجاب سیکریٹریٹ پر پاکستان کا پرچم لہرا چکی تھیں۔۔۔ ایک عجیب عالم تھا۔۔۔ ایک عجب لگن۔۔ کر کے دکھانا ہے۔۔لے کر رہنا ہے۔۔

علی جاہ اور ان کے ساتھ دوسرے تمام طلباء دن رات کام میں مشغول تھے۔

"عالی جاہ۔۔!" ایک شوخ آواز سماعت کا حصہ بنی تھی۔وہ جھنجھلایا۔۔

اس نے حسب روایت اپنے سرد تاثر کو برقرار رکھا اور اس سے بولا۔ "ایک کام دیا گیا تھا آپ کو۔۔۔ کچھ پمفلٹ کے لیے لکھنے کو کہا تھا۔۔۔"

اس کے پیچھے بندھے ہاتھوں میں سارے مسوّدے رول ہوئے وے تھے۔۔ اس نے سوچا تھا وہ اس کو اردو لکھ کر دکھائے گی۔۔

" بجلی ہوتی ہے نا آپ بڑے لوگوں کے گھر، ہم لوگوں کی طرح نیں نا موم بتیاں یا لالٹین کا استعمال ہو۔۔ ہوا بھی جو کام کہا گیا تھا یا۔۔ "اس کے باقی الفاظ منہ میں دھرے رہ گئے۔ نظر الفیہ کے تیزی سے زرد پڑتے چہرہ پر پڑی۔۔ وہ پھر اپنے جذبوں کی گرفت میں آیا۔ جو کئی دنوں سے اسے پریشان کئے دے رہے تھے۔۔۔ سر کو جھٹکا اور پھر شروع ہوا۔۔

"بی بی! آپ کیا جانیں ان راستوں کی مشکلات۔ یہ ہم گورنمنٹ کالجوں میں پڑھنے والوں اور کرایے کے مکانوں میں رہنے والوں کے لیے چھوڑ دیجیے۔۔" علی جاہ اپنے آپ

سے خوفزدہ ہو کر اس کو جھڑک بیٹھا تھا۔

"مگر ہم بھی پاکستان کا ایک حصہ بننا چاہتے ہیں۔ اس کے لیے کچھ کرنا چاہتے ہیں۔۔ آپ ہم کو ایسے دلبر داشتہ نہیں کر سکتے۔۔" وہ بھی بحث پر آمادہ ہوئی۔۔ اور دل میں سوچا:

"تم ہمیشہ ایسا کیوں کرتے ہو۔ مانا پہلے پہل تم آئے تھے میری زندگی میں مگر اب ایک اور مقصد بھی ہے وہی جو تم سمیت تمام مسلمانوں کا ہے۔ ایک آزاد مملکت کا قیام۔۔۔"

"آزادی تو تم لوگوں کا مقدّر رہے ازل سے۔۔ یہ تو ہم غربت میں پسے ہوئے لوگ جانتے ہیں اس کی قدر۔۔۔" علی نے سوچا تھا۔۔۔

"لائیے دکھائیے کیا لکھا ہے۔" وہ اس کے پیچھے بندھے ہاتھ دیکھ چکا تھا۔۔

اور کاغذ پسیجنے کی وجہ سے سیاہی پھیل گئی تھی اور لفظ مٹ سے گئے تھے۔ وہ بنا کسی لحاظ اس پر برس پڑا۔۔ وہ نہیں جانتا تھا یہ غصہ سیاہی کے پھیلنے پر نہیں اپنے چہرے سے لفظِ محبت مٹانے کی جدوجہد کا ایک حصّہ ہے۔

اس کی سخت بات پر وہ روتی ہوئی اسٹوڈنٹس کیمپس سے نکلی تھی۔۔ اور یہ علی کیسے برداشت کر سکتا تھا۔ سیدھا اس کے پیچھے آیا تھا۔

وہ حسبِ معمول پائیں باغ میں چارپائی پر اوندھی پڑی تھی۔ اس نے پریشان ہو کر اس کو آواز دی۔۔ وہ سمجھا الفیہ رو رہی ہو گی۔ مگر وہ ایک دم ہنستی ہوئی سیدھی ہوئی تو طیش سے علی کا بُرا حال ہو گیا تھا وہ اتنی گرمی میں سائیکل پر صرف اس کے پیچھے آیا تھا۔

"عالی جاہ!" اس نے پھر اپنے مخصوص انداز میں ہونٹ دبائے تھے جس سے اس کے گال کا گڑھا اور گہرا ہوتا تھا۔۔ "اتنا غصہ! چچ چچ مزاج برہم ہیں اور لینے چلے ہیں پاکستان اور کرنے چلے ہیں ہندوستان کا بٹوارا۔۔"

اس کے شوخ انداز پر اس کا غصّہ سوا ہوا۔ اس نے پلٹ کر اس کو دونوں شانوں سے پکڑ کر خود سے قریب کیا اور پھر اس کا چہرہ دونوں ہاتھوں میں لے کر قریب کیا۔

"تم۔۔۔۔!!!" غصّہ کی شدّت سے اس سے بولا ہی نہیں جا رہا تھا۔

"ہاں ہم۔۔!" وہ بدستور اس کو دیکھ رہی تھی اور وہ جانتی تھی کہ وہ اس کا ایسے دیکھنا برداشت نہیں کر پاتا۔

اور وہ واقعی بے بس ہو گیا تھا۔۔ اس کا غصّہ فرو ہو چکا تھا۔ الفیہ کے ہونٹ ہلے اور جو اس نے سنا۔۔

"ہم الّفیہ جاہ۔ عالی جاہ تم سے بے حد اور بے حساب محبت کرتے ہیں۔۔۔" اس وقت وہ سر سے پاؤں تک سنہری ہو رہی تھی یا اس کو ہی لگتی تھی۔ اس کے دونوں بازو بے جان ہو کر نیچے گرے تھے۔۔۔ وہ ایک قدم پیچھے ہٹا تھا۔

"یہ ہم کو معلوم ہے۔۔" وہ مضبوط لہجے میں گویا ہوئی تھی۔۔ "اگر اب نہیں کہا تو یہ لفظ بے صدا رہ جائیں گے۔۔ اور ہم اپنی یہ ناقدری نہیں برداشت کر سکتے۔ تم فیصلے میں آزاد ہو۔۔ مگر ہم نے سوچا ایک جذبہ ہے تو کہہ دینے میں کیا حرج ہے۔۔۔" یہ کہہ کر وہ رُکی نہیں۔۔ آگے بڑھ گئی۔ وہ اس وقت کچھ اور مزید نہیں سُننا چاہتا تھا اور نہ ہی دیکھنا چاہتا تھا۔

مگر دو آنکھوں نے یہ دیکھا تھا۔ اور وہ امّاں بی کی آنکھیں تھیں۔۔

"ہم کو جلد از جلد کوئی فیصلہ لینا ہو گا۔۔" انہوں نے پریشانی سے ٹہلتے ہوئے سوچا تھا۔

***

"لڑکی ہو کر ایسی ہے۔۔" اس نے ہاتھ پر ہاتھ مارتے ہوئے سوچا۔ "کمینی، کتیا، حرافہ۔۔" ٹہل ٹہل کر اس کے پاؤں بے آرام ہو رہے تھے۔۔ "جو باتیں میں مرد ہو کر نہیں کہہ سکا۔۔" اس نے اپنی پیشانی پر ہلکا سا مکا مارا۔۔ "ابھی تو میں سوچ رہی رہا تھا، محسوس ہی کر رہا تھا یہ سب۔۔۔"

رات دونوں پر بھاری تھی۔۔ وہ حسبِ معمول اپنے پلنگ پر اوندھی پڑی تھی۔ اضطراب میں پاؤں ہل رہا تھا۔۔

"کیا غلط کیا میں نے۔۔۔؟"

ایک سوچ آئی۔۔ "ایک جذبہ ہی تو تھا اگر میں نے کہہ دیا تو کیا رہا۔۔ وہ تو کبھی نہیں کہنے والا تھا۔۔۔۔"

"مگر۔۔۔۔۔" اس مگر نے اس کے اضطراب کو دوچند کیا۔۔ "یکطرفہ بھی تو ہو سکتا ہے۔۔"

"کیا وہ بُرا مان گیا۔۔۔" وہ ایک جھٹکے سے اٹھ کر بیٹھی۔۔

وہ بُرا نہیں مانا تھا بس حقیقت تک آنے میں وقت لے رہا تھا کہ اس دنیا میں اس کے ذمّے جو کام سونپا گیا تھا اس کو پورا کرنے کا وقت آگیا تھا۔۔

علی گڑھ واپس جانے کے آرڈرز آچکے تھے۔ ابھی بہت کام کرنا تھا۔ بہت سارا کام۔ پاکستان کی جدوجہد ہر راہ سے زیادہ اہم تھی۔

اور وہ سمجھی وہ سچ میں ناراض ہو گیا ہے۔۔۔ جب تین دن گزرے اور علی کا کچھ پتا نہیں لگا تو اس کی بے چینی سوا ہو گئی۔ وہ اماں کے کمرے میں بچھے تخت پر ان کے پہلو میں

مُنہ چھپا کر بیٹھ ، لیٹ گئی اماں بی کو لگا یہی وقت ہے۔ سیلاب سے پہلے بند باندھنے کا۔

"دیکھو بیٹی۔!" انہوں نے اس کے سر میں ہولے ہولے ہاتھ پھیرنا شروع کیا۔۔

"ہم نے تم کو بہت آسائشوں میں پالا ہے۔۔۔ بہت آرام کی عادی ہو تم۔ چند دنوں میں ہی ہر خواہش ختم ہو جاتی ہے بچتی صرف مادی ضروریات ہیں جو کہ صرف اور صرف دولت سے پوری کی جا سکتی ہیں۔۔ ہر ضرورت کا دولت سے ناتا ہوتا ہے۔۔ تم اپنی ہر خواہش خرید سکتی ہو۔۔۔"

"ہر خواہش۔۔۔" اس کی اندر کچھ کرلایا تھا۔۔ اماں بدستور کہے جا رہی تھیں۔

"تم جیسی لڑکیوں کے لیے بارعب اور سنجیدہ مزاج شوہر ہی ٹھیک رہتے ہیں۔ جو تمہارے ایک اشارے پر ہر نعمت لا سکتے ہیں۔۔ دیکھو ہم نے تم کو بہت آسائش کی زندگی دی ہے۔ تمہیں تکلیف کی عادت نہیں ہے۔۔۔"

"تکلیف۔۔۔۔!" اس نے پوری بات میں سے صرف ایک لفظ ہی سنا تھا۔۔۔" ابھی جس کرب کا سامنا کیا، کوئی تکلیف اس سے بھی بڑھ کر ہوتی ہے۔۔۔" اس نے پہلو میں منہ چھپائے آنکھیں میچی تھیں۔۔

" جہانگیر فوج میں ہیں اور بہت زمین و جائداد والے ہیں۔۔ تمہارے مزاج اور تربیت کے عین مطابق۔۔۔"

"اوہ۔۔۔ تو گویا فیصلہ ہو چکا۔۔۔" اس کے اندر دھند سی بھری تھی۔۔

" میاں ! کل تم سے خود بات کریں گے۔۔ اور تمہارا جواب تو ہم جانتے ہی ہیں۔۔ ہماری بیٹی ہماری تربیت کی لاج رکھے گی۔۔"

"ہاں ! فیصلہ تو کیا جا چکا۔۔۔ اب صرف بھرم رکھنا ہے۔" اور اسی پل اس نے علی جاہ کا خیال ہواؤں کے حوالے کر دیا۔۔۔ وہ ایک اچھی بیٹی بھی تو تھی۔۔۔

وہاں سے اٹھ کر سیدھی کمرے میں آئی اور اس کی تصویر اُٹھا کر الماری کے سب سے نچلے خانے میں ڈال دی۔۔

"تم لاکھ پڑھے لکھے، روشن خیال ہو مگر قیمتی سوٹ پہننے کی استطاعت نہیں رکھتے۔ اور سید کھدّر کے کرتے پاجامے میں بھی قیمتی سوٹ پہننے والوں سے زیادہ باطنی طور پر روشن ہو۔۔ اور اپنا بھرم رکھتے ہو۔ مگر سچ بات ہے محبّت وجبت کچھ نہیں ہوتی۔۔"

"ہاں محبت وجبت کچھ نہیں ہوتی۔۔۔" علی جاہ نے بھی اس وقت اپنا ذہن جھٹکا تھا اور اپنا دھیان اپنے مقصد کی طرف لگا لیا تھا۔۔۔ اماں بی کا پیغام اس کے ذہن میں تھا۔۔

"تم مڈل کلاسیے کسی مڈل کلاس کی لڑکی کو ہی بیوی بناؤ تو تمہارا ساتھ دے پائے گی۔۔ جو تمہارے جیسی مڈل کلاس قسمت لے کر آئی ہو۔ اور اس میں خوش بھی رہے۔۔"

اور اس کے بعد تو وہ اپنے آپ سے بھی روٹھ گیا تھا۔۔ اس کا اوڑھنا بچھونا اب اس کا مقصد تھا۔۔۔

***

"اماں بی!۔۔" اس کی زبان اٹکی تھی۔

اور اس وقت پاکستان میں دو کمروں کے بغیر بجلی والے گھر میں بیٹھ کر انہوں نے سوچا تھا۔۔

"ایسے بھی تو گزارا ہوتا ہے۔۔ کہاں وہ کوٹھی اور کہاں یہ دو کمرے۔ مگر اے اللہ! تیرا شکر ہے۔ تو نے آزاد وطن دیکھنا نصیب کیا۔۔ مگر میری بچی۔۔۔!" ان کی آنکھیں نم ہوئیں۔۔ "یقین جانو میں نے تمہارا اچھا ہی سوچا تھا۔۔ مُجھے معاف کر دینا۔۔۔ الفیہ۔۔ اور علی تم بھی۔۔۔" ایک آنسو ان کی آنکھ سے ٹپکا تھا۔۔

"تم ان کو معاف کر دو۔" الفاظ اس کے منہ سے سرگوشی کی صورت ادا ہوئے تھے۔۔

"تم ایسا سوچ کیسے سکتی ہو کہ میں نے کچھ دل میں رکھا ہو گا۔۔۔ بہر حال اب وقت گیا۔۔۔ مگر یہ الفت۔۔" اس نے اس کے نام پر تعجّب کا اظہار کیا۔۔

"ہاں۔۔! اماں بی کے بعد جہانگیر مجھے اسی نام سے پکارتے ہیں۔۔ اور اچھا بھی ہے الفّیہ تو اب کہیں ہے ہی نہیں۔۔ مجھے بھی سُکون رہتا ہے۔۔۔"

"تو تم پاکستان نہیں جاؤ گی۔۔۔۔"

"نہیں۔۔۔ جہانگیر کا خیال ہے کہ ہم اپنی اتنی زمینیں اور جائداد چھوڑ کر کہاں جائیں گے۔۔ ابھی چند دنوں میں سب فرو ہو جائے گا۔۔۔"

"ہاں۔۔۔! تم لوگ کے لیے حالات ہمیشہ ایک جیسے رہتے ہیں۔۔ ایک دم سیٹ۔۔۔۔" اس نے مسکرا کر کہا۔۔

"طنز کر رہے ہو۔۔"
"نہیں۔۔۔۔۔ حقیقت پسند ہو گیا ہوں۔"
"اور تم۔۔"
"ہجرتیں ہمارا مقدر رہیں۔۔ کبھی شہریار سے تو کبھی وطن عزیز کی طرف۔۔۔" اس کی آنکھیں چمکی تھیں۔ وہ بہت مطمئن تھا۔۔ جس کی امید نہیں تھی وہ یہاں مل گئی تھی۔۔ ہواؤں نے ٹھیک ہی خبر دی تھی۔۔۔
واپسی میں وہ اس کو دروازے تک چھوڑنے آئی تھی۔۔۔ علی کو علم تھا۔۔ دروازے کی اس حد کے پار رکھا ہر قدم اس کو الفیہ سے دور کرے گا۔ مگر یہ فاصلے تو کبھی پاٹے ہی نہیں گئے تھے۔۔۔ اس نے سانس بھر کر قدم اٹھا لیا۔۔۔
"تم مجھ سے دور ہو رہے ہو۔ یہی سوچ کر آگے بڑھے نا۔۔۔۔" الفیہ نے اس کو جاتے دیکھا قدم بہ قدم دور ہوتے۔۔
"ہاں۔۔۔۔! یہ بہت مشکل ہے مگر کرنا ہے۔۔ جیسے ایک بار پہلے کیا تھا۔۔۔"
"تو کیا ہو پائے۔۔۔۔۔۔۔؟"
اس کے پاؤں تلے کوئی سنگریزہ پھسلا تھا جس سے اس کا قدم لڑکھڑایا تھا۔۔۔
"نہیں۔۔۔۔ نہیں۔۔۔۔۔ کبھی بھی نہیں۔۔۔۔۔ ایک پل کو بھی نہیں۔۔۔۔۔۔"
"تو پھر کیوں کہتے ہو فاصلہ بڑھ رہا ہے۔۔ یہ تو اندر ہی اندر روشنی کا سفر ہے۔۔ جہاں ہم اور تم ساتھ ہیں۔۔"
"ہاں! تم ٹھیک کہتی ہو۔۔" اس نے مڑ کر الفیہ کو دیکھا اور ہاتھ ہلایا۔۔ وہ سیڑھی کے سب سے نچلے، اور وہ سب سے بلند مقام پر تھی۔۔ ہمیشہ کے لیے اس روشنی کے

راستے پر قدم رکھ دیا۔ جو بظاہر ان کو جُدا کرتا تھا۔

اور اوپر ایک کمرے کے ٹیرس سے دیکھتا جہانگیر آج سمجھا تھا۔۔ اس کی بیوی اپنی ڈائری میں ہر روز ایک پھول کیوں اور کس کے لیے رکھتی ہے۔۔ وہ پھول کس کے نام کا دیا ہوتا۔۔ شروع میں وہ اس کو اپنی خوش نصیبی سمجھا تھا مگر آٹھ سال کے ساتھ میں وہ اتنا جان چکا تھا کہ وہ پھول اس کی محبت کی علامت نہیں تھے۔

" مگر اب مجھے چپ رہنا ہو گا۔۔ کیونکہ یہ محبت کے آداب ہوتے ہیں۔ اور میں تم سے بے حد اور بے تحاشا محبّت کرتا ہوں۔۔ تم پوری کی پوری میری ہو۔ مگر تمہارے اعتراف کا لمحہ میرا نہیں۔۔ اور یہ بات اب ساری زندگی مجھے تم سے چھُپانا ہو گی۔۔ کہ میں جان گیا ہوں اور اس محبت کا حصّہ دار بن چکا ہوں۔۔ اور محبت کا حصّہ ہونا بھی خوش نصیبی ہوتی ہے۔۔۔ اس کی آنکھوں میں سنہرا رنگ اور گہرا ہوا تھا۔۔

اس پل اور اس لمحے محبت مُسکائی تھی اور ساری فضا سنہری ہو گئی تھی۔۔

***

ہندی زبان سے ترجمہ شدہ ایک ناولٹ

جینا تو پڑے گا

مترجم : اعجاز عبید

بین الاقوامی ایڈیشن منظر عام پر آ چکا ہے